honzuki no gekokujou
shisho ni narutameniha shudan wo erandeirarenmasen

『제1부 병사의 딸III』 권두 컬러

『제2부 신전의 견습무녀 II』 권두 컬러

『제2부 신전의 견습무녀III』 권두 컬러

『제3부 영주의 양녀 I』 권두 컬러

『제1부 [illegible]의 딸 I』 표지

딸III」 표지

2 부 신전의 견습무녀 I 』 표지

『제 2 부 신전의 견습무녀 II』 표지

2부
견습무녀III』

영주의 양녀 I
표지

『제1부 병사의 딸Ⅰ』 권두 컬러 러프

『제1부 병사의 딸Ⅱ』 권두 컬러 러프

『제1부 병사의 딸III』 권두 컬러 러프

『제2부 신전의 견습무녀I』 권두 컬러 러프

『제2부 신전의 견습무녀 II』 권두 컬러 러프

『제2부 신전의 견습무녀 III』 권두 컬러 러프

『제2부 신전의 견습무녀Ⅳ』 권두 컬러 러프

『제3부 영주의 양녀Ⅰ』 권두 컬러 러프

『제 1 부　병사의 딸 I 』 표지 러프

『제 1 부　병사의 딸 II 』 표지 러프

『제 1 부　병사의 딸III』 표지 러프

『제 2 부　신전의 견습무녀 I 』 표지 러프

제 2 부　신전의 견습무녀 II 』 표지 러프

『제 2 부　신전의 견습무녀 III 』 표지 러프

l 2 부　신전의 견습무녀 IV 』 표지 러프

『제 3 부　영주의 양녀 I 』 표지 러프

신전 안내

카즈키 미야

"니콜라, 표정이 웃겨요."

"그야 처음 밟는 귀족 구역인걸요."

모니카에게 지적을 받은 나는 땋은 머리째로 볼을 감싸면서 모니카를 살짝 째려보았습니다. 평소에는 침착하고 언니 노릇을 하려는 모니카도 짙은 갈색 눈동자가 불안하게 흔들립니다. 그 모습을 본 제 마음은 오히려 점차 안정을 찾아 갔습니다.

긴장하지 않을 수가 있나요. 귀족 구역의 청소는 성인들의 일이고, 지금까지 저희가 하는 신전 청소라 하면 고아원이나 예배실이 전부였으니까요. 그런 저와 모니카를 로제마인 님께서 견습시종으로 받아주셨습니다. 앞으로 신전장이 될 로제마인 님은 고아원장실에서 신전장실로 방을 옮겨 귀족 구역에서 생활하시게 되었습니다. 그래서 오늘 프랑이 귀족 구역을 안내해 주기로 한 겁니다.

'고아원장실도 아직 적응이 덜 됐는데 신전장실 소속 견습 시종이 되다니.'

겨울 동안 저와 모니카는 요리 조수로서 고아원장실을 출입했던 터라 이곳은 그나마 잘 압니다. 주방에밖에 들어간 적이 없으니 다 안다고 할 순 없지만요.

"고아원장실과 귀족 구역의 방은 분위기가 꽤 달라요. 저곳은 청색 신관들이 생활하는 장소이기도 하니 여기만큼 마음 편하지는 않을 거예요."

프랑가 지시한 서류 작업을 하던 로지나가 손을 멈추고 불쑥 중얼거렸습니다.

"로지나, 더 긴장되니까 그런 말 하지 말아 주세요."

이 고아원장실은 고아들에게도 허물없이 대해 주시는 로제마인 님만 계셔서 분위기도 화목하고 약간의 실수도 용서받을 수 있습니다. 하지만 이제 귀족 구역에 들어가면 그렇게 지내지 못할 거라는 로지나의 말에 다시 긴장하며 몸이 떨리기 시작했습니다.

"괜찮아요, 니콜라. 프랑도 로제마인 님도 무척 상냥하시잖아요."

"그렇네요, 모니카."

둘이서 손을 잡고 긴장을 풀려는데, 로지나가 우아한 동작으로 고개를 갸웃거렸습니다.

"어머, 프랑은 엄격하답니다. 절대 상냥하지 않아요."

"대체 무슨 얘기입니까."

프랑의 고요한 목소리와 위에서 내려다보는 갈색 눈동자에 저는 깜짝 놀랐습니다. 로지나는 아무것도 아니라는 얼굴로 생긋 웃으며 프랑에게 목패를 건넸습니다.

"별 얘기 아니에요. 이제 귀족 구역에 갈 시간인가요? 이쪽 서류도 끝냈어요."

"고맙습니다, 로지나. 그럼 로제마인 님의 간호를 부탁드립니다. 그리고 일어나시면 이 약을 드시게 하라는 신관장님의 말씀이 있었습니다."

조금 전의 대화를 들었을 텐데도 프랑은 딱히 추궁하지 않고, 로지나에게 목패를 건네받았습니다.

'역시 프랑은 어른답게 대응하는 상냥한 사람이에요!'

"모니카, 니콜라. 갑시다."

고열로 몸져누운 로제마인 님의 간호를 로지나에게 맡기고 프랑은 저와 모니카를 데리고 고아원장실을 나섰습니다. 고아원장실을 나와 복도를 걸으면 고아원의 2층에 다다릅니다.

"청색 신관과 청색 무녀는 신전의 2층과 3층을 씁니다. 고아원장실과 달리 귀족 구역 시종들의 방은 전부 1층, 허드레꾼의 방과 주방은 지층에 있습니다."

"그럼 주방이 멀어지겠네요."

주방에서 엘라를 돕는 일이 많은 저는 그만 투덜대는 듯이 말해 버렸습니다. 프랑이 씁쓸해하며 "우물은 더 멀어집니다. 우물에서 가장 먼 방이 신전장실이니까요……." 하고 복도에서 보이는 우물을 가리켰습니다. 고아원장실에서 우물까지의 거리는 무척 가까워서 계단만 오르락내리락하면 금방이었는데, 앞으로 매일 물을 나르기 힘들어질 것 같습니다.

"물을 나를 땐 귀족 구역의 서쪽 입구로 들어와 지층을 통해 신전장실로 들어가야 합니다. 2층 복도로 물을 날라서는 절대 안 됩니다."

귀족 구역의 서쪽에는 허드레꾼이나 식료품 등을 납품하는 평민들이 드나드는 출입구가 있습니다. 그래서 물을 나르거나 빨래할 때에는 청색 신관의 눈에 띄지 않는 서쪽을 써야 하는 모양입니다. 모니카도 조금 신물이 나는 표정으로 우물을 바라봤습니다.

"지금보다 더 겨울이 싫어질 것 같아요."

눈발이 날리는 날씨에 물을 나를 생각에 저 역시 진심으로 모니카의 의견에 찬성하고 싶었습니다.

"……분명 엘라도 똑같이 싫은 표정을 짓겠지요."

저와 모니카가 재잘거리는 동안, 프랑은 귀족 구역으로 들어가는 문을 향해 걷기 시작했고 저희는 서둘러 그 뒤를 쫓아갔습니다. 예배실의 제단 옆과 뒤쪽에는 각 계절의 융단 등 예배에 쓰는 물건들을 수납한 창고나 문제아였던 길이 자주 갇혔던 반성실이 있습니다. 길의 말로는 반성실은 좁은 방이며 신들에게 가장 가까운 이곳에서 기도하며 용서를 구해야 한다고 합니다.

'아, 전 반성실에 들어간 적이 한 번도 없습니다. 성실하게 근무했기 때문이죠.'

반성실 앞을 지나가자 귀족 구역으로 들어가는 문이 보이기 시작했습니다. 지금은 기후가 좋은 초봄이라 항상 열어 두지만, 겨울은 항상 굳게 닫혀 있습니다. 귀족 구역의 복도는 벽에 걸린 태피스트리와 그림, 장식물들이 놓여 있어 고아원이나 고아원장실과는 분위기가 사뭇 달랐습니다.

"가요, 니콜라."

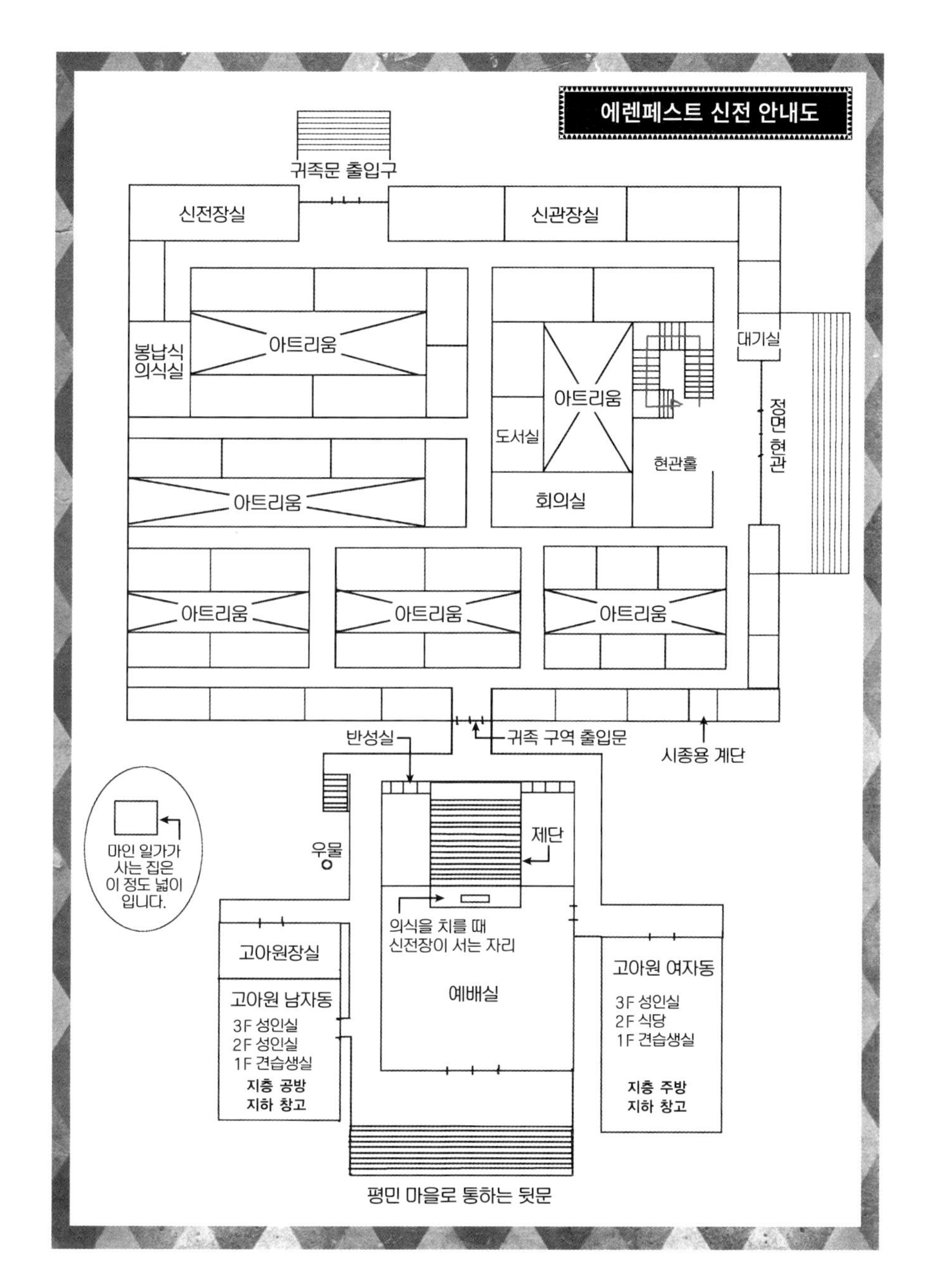

얼굴이 딱딱하게 굳은 니콜라와 손을 잡고 지금까지 보기만 했던 귀족 구역으로 오들오들 떨면서 한 발짝 내디뎠습니다. 들어간 바로 앞에 방문이 보이고, 복도가 좌우로 나뉘었습니다.

"귀족 구역의 서쪽은 신전에 사는 청색 신관들의 방이고, 정면 현관에 가까운 동쪽은 친가에서 왕래하는 청색 신관들의 방입니다. 귀족가에 가까운 북쪽일수록 방이 넓고, 친가의 계급이 높은 분들이 쓰시게 됩니다. 그래서 상급귀족의 자녀이며 앞으로 영주님의 양녀가 되시는 로제마인 님은 가장 북서쪽에 있는 신전장실로 방을 옮기시게 된 겁니다."

현재 친가에서 다니는 청색 신관은 세 사람이라고 합니다. 설명을 마친 프랑은 오른쪽으로 돌아 통근하는 신관들이 쓰는 방 앞을 성큼성큼 걷기 시작했습니다. 저와 모니카는 총총걸음으로 프랑의 뒤를 쫓습니다. 로제마인 님과 걸을 때보다 프랑의 걸음이 훨씬 빠릅니다.

"이쪽 방들은 그렇게 넓지가 않네요?"

모니카가 빌마를 흉내 내어 하나로 질끈 묶은 짙은 녹색 머리를 꽁지처럼 흔들면서 의아하다는 듯이 문의 간격을 봅니다. 확실히 방이 고아원장실보다 훨씬 좁아 보였습니다.

"통근하는 신관들의 방에는 침대가 필요 없고, 시종이 사용하는 계단도 방안에 없기 때문입니다."

"그럼 통근하는 주인을 모시는 시종들은 어떻게 이동하나요?"

"이곳에 시종 전용 계단이 있습니다. 지층에서 3층까지 이동할 수 있어서 통근하는 주인을 모시는 시종들은 모두 이 계단으로 이동합니다."

주인이 도착할 시간이나 신전에서 떠나는 시간은 모든 시종이 바빠지기 때문에 상당히 혼잡해진다고 합니다.

"저희는 주인님의 방에 계단이 있어서 편하겠네요."

"빨래, 목욕 준비, 손님의 대응 등 신전에 사는 주인을 모시는 쪽이 업무량이 많으니 꼭 편하다고는……."

'주인이 통근이냐 기숙이냐에 따라 그런 차이도 있었군요.'

처음 알게 된 사실에 고개를 끄덕이면서 막다른 곳에서 왼쪽으로 꺾으니 창문으로 밝은 빛이 새어 들어왔습니다. 하얀 신전의 벽에 빛이 약간 들어오니 더욱 밝아 보입니다.

"이곳이 귀족 구역의 정문 현관입니다. 청색 신관이 외출하거나, 돌아올 때 이 문을 사용합니다. 의자와 테이블이 설치된 이쪽 홀은 대기실로 쓰기도 합니다."

이 대기실은 성결식이나 수확제 등, 많은 청색 신관이 일제히 마차를 탈 순서를 기다릴 때나 어용상인이 돌아갈 마차 준비를 기다릴 때 쓰는 일이 많다고 합니다.

"빌마한테는 대기실이 방이라고 들었는데요……."

빌마를 정말 좋아하는 모니카가 훤히 뚫린 천장에서 밝은 빛이 들어오는 현관홀을 둘러보면서 중얼거립니다.

"아아, 청색 무녀들은 남성의 시선을 피하고자 이쪽 대기실을 쓰기 때문에 자연히 이쪽 현관홀이 남성용, 저쪽이 여성용으로 나뉘었습니다. 로제마인 님께서 대기실을 쓰실 땐 저쪽 방으로 안내하십시오."

"알겠습니다."

진지한 얼굴로 끄덕이는 모니카의 옆에서 제 시선을 끈 것은 넓고 커다란 계단입니다. 주변을 빙글 돌면서 위층으로 이어지는 계단을 올려다봅니다.

"프랑, 이쪽이 청색 무녀의 방으로 가는 계단인가요? 1층으로는 이어져 있지 않네요?"

"이 계단은 청색 무녀가 정면 현관으로 나갈 때만 쓰는 계단이라 1층으로 이어져 있지 않습니다. 지금은 로제마인 님 외의 청색 무녀가 없어서 3층은 봉쇄한 상태입니다."

로제마인 님이 신전장과 고아원장이 아니라면 이 계단을 썼을 거랍니다. 하지만 로제마인 님이 고아원장이 아니시면 모든 고아원 사람들이 곤란해집니다.

'로제마인 님이 이 계단을 쓰는 날이 오지 않게 해 주세요. 신에게 기도를!'

"니콜라, 기도 중에 미안하지만, 따라오세요. 회의실 장소를 익혀 둬야 합니다."

프랑의 말에 전 기도를 멈췄습니다. 프랑이 안내하는 대로 왔던 길을 조금 돌아 모퉁이를 꺾습니다.

"이곳이 회의실입니다. 기원식이나 수확제의 분담 등을 정하는 청색 신관의 회의는 이곳에서 이뤄집니다. 회의에는 기본적으로 제가 동행하지만, 두 사람도 로제마인 님과 동행할 일이 있을지도 모릅니다. 외워 두세요."

회의실을 지난 길모퉁이에서 프랑이 걸음을 멈추었습니다. 그 앞에는 천장이 뻥 뚫린 통층 구조인지 같은 간격으로 이어진 창문으로 밝은 햇살이 들어옵니다.

"귀족 구역은 천장까지 뚫린 곳이 많네요."

"네. 채광 때문에 필요하니까요. 청색 신관의 방은 어디에나 창문이 있고, 밝게 지낼 수 있는 구조로 되어 있습니다. 이 주변은 현재 사용 중인 방이 많으니 조용히 하시길. ……이제 로제마인 님의 시종으로서 귀족 구역 중 가장 중요한 장소를 가르쳐드리겠습니다."

오른쪽으로 꺾어 조금 걸은 곳에 있는 문을 프랑이 "여깁니다."라고 말하면서 열어 주었습니다. 책상과 의자, 자료 선반이 있고, 겨울 동안 로제마인 님이 방에 가지고 오신 것과 비슷한 책들이 몇 권이나 진열된 장소가 눈에 들어왔습니다.

"도서실입니다. 신전의 집무에 쓰는 자료도 이곳 선반에 보관합니다. 둘은 자주 이곳을 출입하게 될 겁니다. 로제마인 님께서는 이곳에 눌어붙고 싶어 하시기 때문이죠. 도서실에서 책을 읽기 시작하면 여섯 점 종이 울릴 때까지 한 발짝도 움직이지 않으실 겁니다. 그러니 책을 빌려서 방에서 읽으시도록 유도하는 것이 시종의 중요한 업무입니다. 기억해 두세요."

지금까지는 신전장님께 허락을 받고 프랑이 도서실에서 책을 빌려온 모양이지만, 이제는 신전장이 되시는 로제마인 님이 도서실 열쇠를 관리하시게 됩니다. 자유롭게 도서실을 출입하게 될 로제마인 님을 얼마나 잘 구슬려서 제지할 수 있을지가 시종의 중요한 일이 될 거라고 프랑은 예상한다고 합니다.

"……저기, 도서관을 둘러싼 공방이 중요한 일이 된다니요? 제가 생각했던 시종의 업무 중에 그런 일은 없었는데요……."

"저도 신관장님을 모실 땐 그런 업무는 없었습니다. 로제마인 님의 시종만 하게 되는 특수한 업무라고 생각하십시오."

프랑에게 냉정한 대답을 들었습니다. 특수한 업무에 제가 어이없어하자, 모니카가 키득거립니다.

"주인에 따라 업무 내용이 다르니 모셔 보지 않으면 모릅니다, 라던 빌마의 말이 떠올라서요. 빌마와 로지나가 크리스티네 님이라는 청색 무녀를 모실 때는 작곡과 시를 쓰거나, 그림이 일이었대요."

"전 예술적 조예가 깊지 않고, 요리 조수가 즐거우니까 로제마인 님을 모시게 되어서 다행이네요."

제가 단박에 의견을 바꾸자, 모니카는 풋 하고 웃음을 터트렸고, 프랑은 피식 웃었습니다.

"크리스티네 님도 특수한 청색 무녀셨지만, 로제마인 님도 조금 독특한 주인입니다. 고아에게 자비를 베푸시고, 평민촌 공방들과 손을 잡고 적극적으로 돈을 모으는 청색 신관과 무녀를 전 로제마인 님 외에는 본 적이 없습니다. 고아원장과 신전장을 겸임하는 분도, 회색 무녀에게 요리를 맡기려는 분도, 사흘을 앓아눕고도 극도로 추운 도서실에 내내 틀어박혀 있고 싶다고 말하는 분도 전 처음입니다."

진지한 얼굴로 그렇게 말한 프랑이 어디로 튈지 모를 로제마인 님의 행동에 대응하느라 의외로 고생한다는 사실을 깨달았습니다. 표정 변화 없이 로제마인 님의 행동에 대응하려고 이래저래 고민하는 프랑의 모습이 떠올라 저는 그만 웃어 버리고 말았습니다.

"프랑은 참 힘들겠어요."

"힘들지만, 모시는 보람이 있습니다. ……겨울 동안 조수를 해 준 두 사람 중의 한 사람만 거둘 수 없다고 말씀하시는 분도 처음이었답니다, 니콜라."

프랑의 말에 저와 모니카는 무심코 서로의 얼굴을 마주 보았습니다. 저희는 둘 다 귀족의 시종이 되어 행운이라며 기뻐했는데, 사실은 로제마인 님의 배려해 주신 행운이었던 모양입니다.

한 명밖에 거둘 수 없다면 당연히 저보다 우수한 모니카가 선택되었을 테지요. 그렇게 되면 어쩔 수 없으면서도 모니카가 너무 부러웠을 겁니다.

'전 정말 행운아예요.'

고아원을 구해 주시고, 시종을 고를 때도 배려해 주시고, 맛있는 요리를 회색 견습무녀에게 가르쳐 주시는 분이 제 주인님이라니요. 주인님이 조금 독특한 분이셨기 때문에 제가 시종이 되었다고 생각하니 감사하는 마음뿐입니다.

"두 사람 다 로제마인 님의 배려에 감사하는 마음으로 모시도록 하세요."

"네."

끝까지 로제마인 님을 모시자는 결의를 다진 그때, 도서실에서 서쪽으로 뻗은 복도에 문이 활짝 열린 방이 보였습니다.

"프랑, 저 방…… 계속 문이 열려 있는 것 같은데, 뭔가 있나요?"

"방을 옮기는 청색 신관이 계십니다. 빤히 쳐다보는 것 아닙니다, 니콜라."

"네. 죄송합니다."

프랑에게 주의를 듣고, 도서실을 지나 막다른 곳까지 걸어갔습니다. 프랑은 오른쪽으로 꺾어 조금 걸어가야 나오는 곳에 있는 문을 가리켰습니다.

"이곳이 신관장실입니다. 로제마인 님은 세 점 종에서 네 점 종까지 신관장님의 집무를 도우러 오시니, 이곳을 가장 자주 들리게 될 겁니다. 두 사람도 함께 집무를 돕도록 하겠습니다."

"저도 집무를 도와야 하나요……?"

"물론이지요. 로제마인 님이 하셔야 하는 신전장 업무를 신관장님께서 맡아 주시고 계십니다. 원래라면 우리가 해야 할 일이지요."

신관장님은 프랑이 전에 모시던 분입니다. 상당히 엄격해서 시종이 몇 명이나 그만뒀다는 소문을 들었습니다.

'난 서류 작업을 잘 못 하는데 도움이 될까……?'

제가 모니카보다 서류 작업이 서툴러서 기가 죽어 있는 동안에도 프랑의 설명은 계속되었습니다.

"원래 신관장직을 맡는 분은 신전장실의 맞은편이나 출입구를 낀 옆방으로 이동해야 하지만, 당시에 신관장님은 인수인계로 바빴던 관계로 예전 방을 그대로 사용하고 계십니다."

마침 신전을 나가는 사람이 많았던 시기에 신관장이 된 탓에 업무를 잔뜩 껴안게 되셨다고 프랑에게 들은 적이 있습니다.

"신전장님이 로제마인 님으로 바뀌었는데도 방을 옮기지 않으시나요?"

모니카의 말에 프랑이 씁쓸하게 웃었습니다.

"로제마인 님이 하셔야 할 신전장 업무까지 전부 거들게 되셨으니, 신관장님은 전보다 더 바빠지셔서 방을 옮길 여유가 없으실 겁니다. 그리고 로제마인 님은 비록 어리시지만, 여성입니다. 그래서 신관장님께서는 지금까지 신전장실 주변 방을 쓰던 청색 신관들에게 이동을 명령하셨습니다. 그러니 그분께서 옮길 일은 없을 겁니다."

조금 전 방을 옮기던 청색 신관이 있던 건 신관장님의 명령 때문이었던 모양입니다.

"이제 신전장실 주변에는 로제마인 님의 호위 기사가 쓸 여성용과 남성용 방으로 준비할 겁니다. 이 귀족문으로 통하는 출입구부터 서쪽은 오직 로제마인 님의 관계자만 쓰게 됩니다."

프랑은 귀족문에 가장 가까운 출입구를 지나 어떤 문 앞에서 걸음을 멈췄습니다.

"이 앞에는 봉납식에 사용되는 의식실이 있습니다."

"봉납식이요?"

들어본 적 없는 의식입니다. 예배는 전부 예배실에서 하는 줄로만 알았습니다. 신들이 계시는 예배실 외에서 예배를 한다는 말에 전 의아했습니다.

"청색 신관들이 겨울에 귀족 구역에서 신구에 마력을 봉납하는 중요한 의식입니다. 겨울이 다가오면 또 자세히 알려주겠습니다. 오늘은 신전장실 내부와 이 목패를 잘 봐 놓으세요."

프랑은 아까부터 들고 있던 목패를 저와 모니카에게 건넸습니다. 목패에는 로지나의 글씨로 가구나 작은 물건들의 배치와 치수가 그려져 있습니다. 그것을 보는 동안 프랑은 잠긴 문을 열었습니다.

"이곳이 신전장실입니다."

가구들을 전부 들어낸 신전장실은 휑했습니다. 그렇지 않아도 넓은 방이 더 넓어 보입니다.

"앞으로 거기에 적힌 로지나의 지시대로 신전장실을 꾸미려고 로제마인 님의 가족이 부른 상인과 장인들이 찾아올 겁니다. 이 목패대로 그들에게 지시를 내리는 것이 두 사람의 역할입니다."

"엣? 네?"

제가 목패와 프랑과 모니카를 번갈아 보았습니다. 모니카도 상당히 동요하는 얼굴로 프랑을 올려다봅니다.

"프랑, 전 누군가에게 지시를 내려 본 적 없어요."

이제 막 견습시종으로 올라간 저희는 지시받은 대로 움직이거나, 회색 무녀들에게 배우는 입장입니다. 누군가에게 지시를 내리는 처지가 아닙니다. 생각지 못한 프랑의 지시에 저와 모니카가 고개를 세차게 젓자, 프랑은 싱긋 웃었습니다.

"괜찮습니다. 길도 모두에게 지시를 내리는 공방 관리자가 될 정도인데 두 사람이 못 할 리가 없지요. 금방 익숙해질 겁니다."

"무리예요!"

"다들 무리라고 생각했던 고아원 개선을 로제마인 님께서는 해내셨습니다. 그런 로제마인 님의 시종이라면 가령 가능성이 희박한 일이라도 가능하게 만드는 노력을 해야 합니다."

반론이 받아들여질 턱이 없는 프랑의 미소에 저와 모니카는 무심코 목구멍까지 올라온 경악의 외침을 필사적으로 참으며 목패를 꽉 쥐었습니다.

"어디에 뭘 놓아야 할지 설명하겠습니다. 한 번 만에 외우세요."

"한 번 만에요!?"

갑자기 떨어진 엄격한 지도에 울상이 된 제 머릿속에 출발 전 로지나가 했던 말이 빙글빙글 돌기 시작했습니다.

"어머, 프랑은 엄격하답니다. 절대 상냥하지 않아요."

캐릭터 설정 자료집

마인

처음 도착한 마인의 이미지. 카즈키 선생님도 편집 담당자도 생
과 딱 맞아떨어지는 분위기에 기뻐함. '찰랑거리는 생머리'이므
곱슬머리로 보이지 않도록 주의하기로 함.

마인의 다른 견습복

마인의 귀족 복장

견습복은 단순한 디자인
블라우스와 스커트 또는
지로 디자인. 평상복과의
별화를 위해서 실제 일러
트에서는 카즈키 샌생의
망인 '마르크와 같은 디자
의 조끼'를 추가. 귀족 의상
2부 4권의 표지에도 게재
문의 전투 신에서는 청색
녀복이지만, 제2부 완결의
미를 반영하기 위해 새로
이미지를 투영했다.

로제마인

제3부에서 '영주의 양녀'가 되므로 머리 스타일을 조금 변형함. 신전장의 의식용 의상은 구두가 보이지 않을 정도의 길이로. 그 외의 의상도 기본 디자인은 그대로 두고 기장만 변경했다.

루츠 / 랄프 / 페이

루츠를 포함한 평민촌 개구쟁이 군단을 통째로 디자인. '전체적으로 군데군데 기우고 꾀죄죄한 옷. 허리춤에 나이프를 꽂고 숲에 가는 디자인'이라는 시이나 선생님의 코멘트.

에파
28~30세
머리색: 비취색
눈동자: 황록색

에파 / 투리

투리는 이미지대로. 에파는 조금 젊은 인상이 있어 실제 일러스트에서는 좀 더 나이 들어 보이게 그렸다. 귄터와 나이 차가 커 보이지 않게 하려고.

귄터／오토

귄터의 귀 옆에 뻗은 머리는 삭제하기로 함. 또 문지기의 간단한 가죽 갑옷을 착용하는 설정 때문에 두 사람의 병사 의상도 변경하기로 함. 카즈키 선생님께서 의상 자료를 준비해 주셨다.

벤노／코린나

둘의 이미지도 첫 이미지 그대로. '비교적 깔끔한 옷차림. 벤노는 잘 나가는 상인이니까 버튼 달린 옷에 가죽 부츠'라는 시이나 선생님의 코멘트.

제1부 병사의 딸 II

프리다

카즈키 선생님도 놀랄 만큼 딱 맞는 이미지. 부잣집이지만 그 위에 귀족이 있는 설정을 고려하여 시이나 선생님은 '의상은 마인보다 고급스럽고, 가장자리에 약간의 장식적인 자수가 들어감' 이라고 코멘트.

길드장／마르크

길드장은 이미지대로. 마르크는 귄터보다 젊어 보이므로 실제 일러스트에서는 눈가와 입가에 주름을 넣어 연령대를 올렸다. 또 구두를 벤노와 마찬가지로 롱부츠로 하고, 허리에는 가죽 벨트를 추가했다.

제1부 병사의 딸 III

페르디난드

왼쪽이 평상복이며 오른쪽이 의식용 의상. 귀족의 의상 설정을 고려하여 샌들을 구두로, 평상복의 소맷부리는 의식용 의상의 절반 정도로 길고 펄럭이게 변경. 의식용 의상의 소맷부리와 옷단에 목 주변과 똑같은 장식을 추가했다.

일제

완벽히 '배짱 좋은 아주머니'라는 이미지대로라 전혀 문제없음.

신전장

시이나 선생님은 '산타클로스 같은 얼굴'을 고려했다고 함. 실제 일러스트에서는 귀족 의상 설정을 고려하여 소맷부리에 장식을 추가했다.

제2부 신전의 견습무녀 I

프랑 17세
머리색: 연보라색
눈동자: 진갈색

프랑

첫 단계부터 '딱딱한' 이미지는 나오지만, 카즈키 선생님의 이미지와 가까워지기 위해 뒷머리를 조금 길게 하기로. 시이나 선생님에게서 받은 헤어스타일 후보 중에 가운데로 결정.

프랑 헤어스타일 후보

델리아 8세

머리색: 진홍색

눈동자: 연한 물색

델리아

전혀 문제없음. 아래의 카즈키 선생님 코멘트에서도 알 수 있음. '흠잡을 데 없는 미인이네요. "정말!"이라고 화내도 귀여울 것 같습니다'

길

헤어스타일이나 분위기는 이미지와 맞지만 루츠와 콤비처럼 행동할 점을 고려하여 실제 일러스트에서는 '건방져 보이지만, 눈매는 귀엽게'를 주의하기로 함.

제2부 신전의 견습무녀 II

푸고 / 엘라

엘라는 이미지대로. 푸고는 카즈키 선생님의 희망으로 '길처럼 짧고 뾰족뾰족한 머리로' 변경. '인기 없는 남자의 질투를 뼈저리게 느끼게 해 주마!'라며 타우 열매를 마구 던질 듯한 깡다구를 고려했다.

디도 / 요한

디도는 길드장과 비슷한 연령대로 보이므로 실제 일러스트에서는 이마의 주름과 콧수염을 지우고 권터와 비슷하게 보이도록 변경. 요한은 이미지대로 결정.

빌마 / 로지나

빌마는 '잘끈 묶어 빈틈없는 느낌'. 로지나는 중간에 성인이 되어 올림 머리를 하는 내용을 고려하여 시이나 선생님께서 성인 전과 성인 후의 양쪽을 디자인해 주셨다.

갑옷 / 지팡이 / 반지 / 서클릿

제2부 전개를 반영한 디자인. 양쪽 손등에 동그란 마석을 추가했다. 본문에서는 얼굴 전체를 덮는 투구였지만, 시이나 선생님의 일러스트를 보고 공감한 카즈키 선생님이 본문을 수정하기로 함.

칼스테드
37세
머리색: 적갈색
눈동자: 밝은 청색

다무엘
16세
머리색: 수수한 갈색
눈동자: 회색

칼스테드 / 다무엘

중년다운 멋스러움을 겸비한 칼스테드의 이미지는 완벽. 다무엘의 불쌍하고 '달달 볶이는 사내' 같은 분위기도 이미지대로(!?). 사람 좋아 보이는 인품이 엿보인다.

질베스타

26세
머리색: 남보라
눈동자: 진녹색

질베스타

시이나 선생님의 한마디가 일품. '야생적으로 표현했습니다'. 카즈키 선생님도 무심결에 '야생적인 질 님이 너무 멋져요. 역시 시이나 님!' 이라는 반응. 두 사람의 대화에 담당 편집자는 원고만으로 이미지가 통하는 두 사람에게 감탄했다.

하이디
20세
머리색: 붉은색
눈동자: 회색

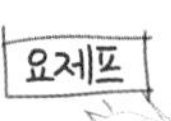

25세
머리색: 크림색
눈동자: 진갈색

하이디 / 요제프

제2부 IV에 등장. '평민촌 장인'이라는 둘의 이미지가 전해지는 디자인. 시이나 선생님은 지금까지 수많은 디자인을 해 왔음에도 불구하고 차별화가 나오는 점에 담당 편집자는 놀랐다.

빈데발트 백작

빈데발트

완벽한 이미지. 그대로 채용.

엘비라 / 플로렌치아

엘비라는 눈매를 날카롭게 하여 강한 의지를 나타냈다. 기혼 여성(미혼이라도 혼약자가 있는 여성)의 증거로 둘에게 마석 목걸이를 추가했다.

여기서 묶는다

소매 B

소매 A

이쯤을 팔에 묶으면
2중 소매가 된다

에크하르트 / 램프레히트 / 코르넬리우스 / 빌프리트

카즈키 선생님의 이미지를 토대로 에크하르트와 램프레히트의 머리 스타일을 바꾸기로 함. 코르넬리우스는 엘비라의 수정에 맞춰 눈매를 약간 날카롭게 변경. 빌프리트는 뻗친 뒷머리를 삭제.

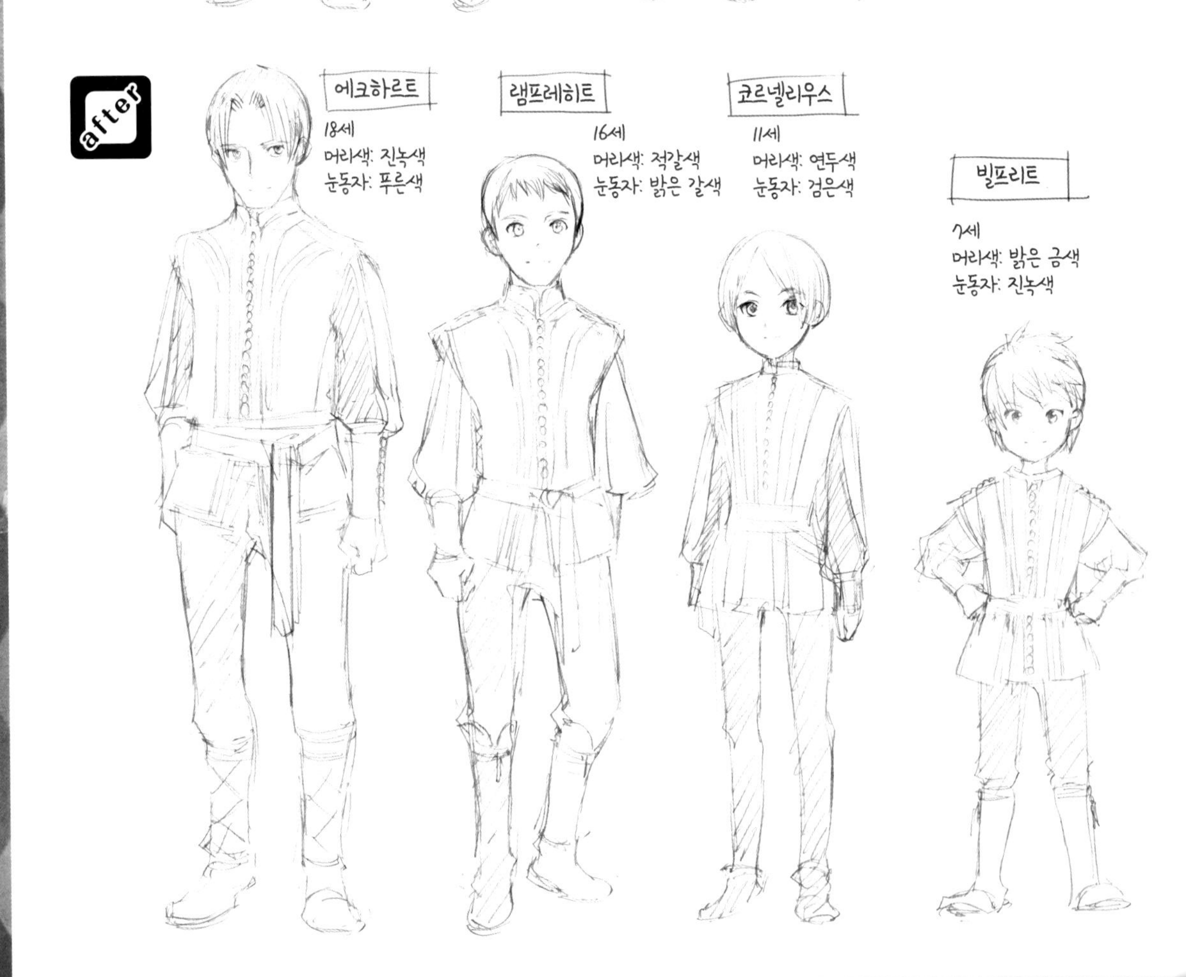

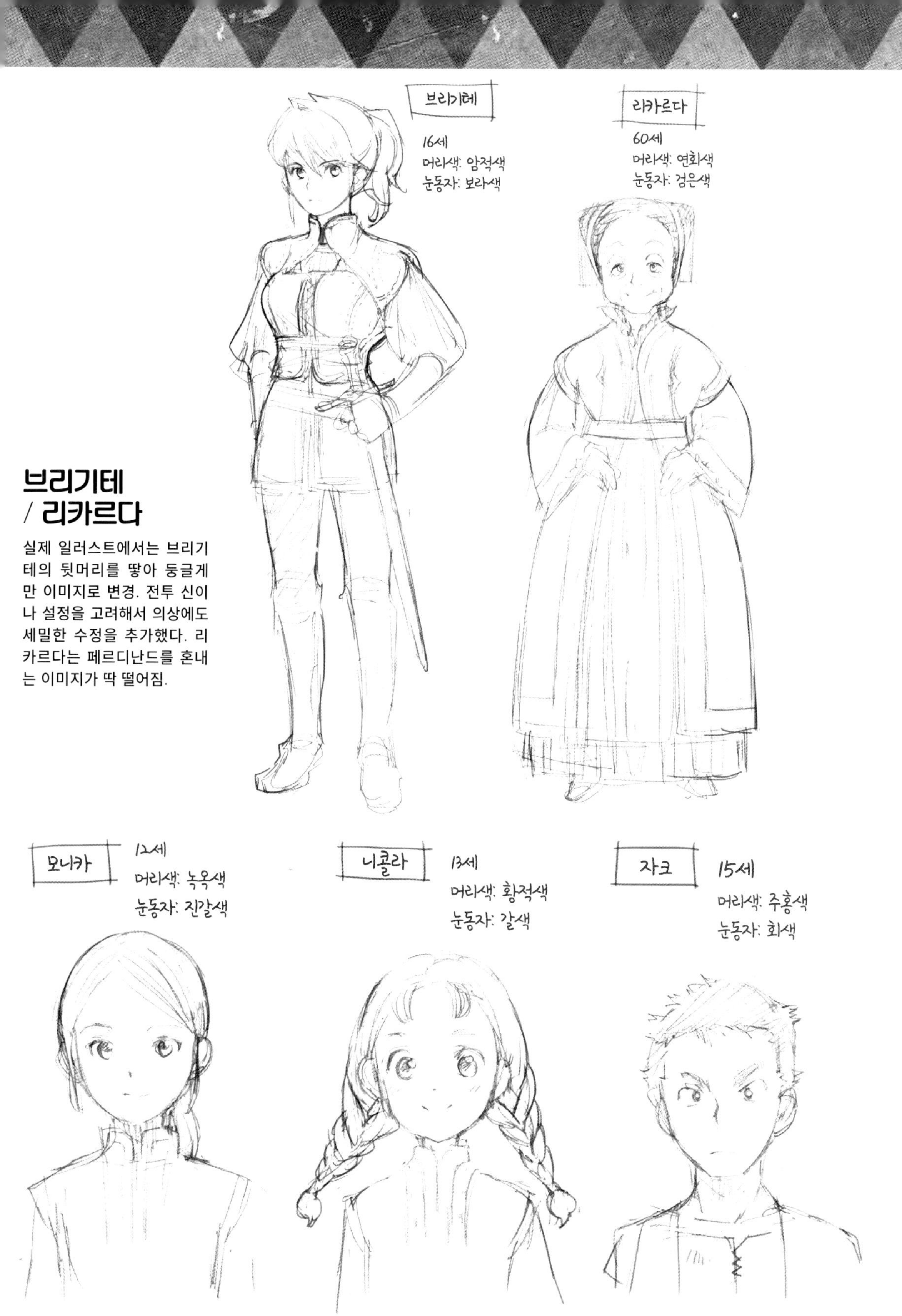

브리기테 / 리카르다

실제 일러스트에서는 브리기테의 뒷머리를 땋아 둥글게 만 이미지로 변경. 전투 신이나 설정을 고려해서 의상에도 세밀한 수정을 추가했다. 리카르다는 페르디난드를 혼내는 이미지가 딱 떨어짐.

모니카 / 니콜라 / 자크

제3부 I 에 등장하는 서브 캐릭터를 한꺼번에 디자인. 신전 시종으로 몸담는 모니카와 니콜라의 품위 있는 모습에 반해서 대장장이 자크는 장인 기질이 훌륭하게 디자인되었다.

…아빠.
다시
한 번만
'점토판'
만들래

버럭
절대
안 돼!!
점토판은
이제
금지다!!

……
아빠
진심이야?
당연
하지!

그래…
그럼 페이 일당을
그때 그 점토판처럼
만들어야겠네

후후…
파스
아빠!
마인한테
숲에 가도
된다고
말해 줘!
후…

번외편 ~팬북 서비스 만화~

딸은 범죄자 예비군!?

만화: 스즈카

전력을 다해 울려 주겠어
…잘 자
잠깐만!! 하나도 이해 안 했잖아!
어떻게 이해하면 '전력을 다해 울려 주겠다' 라는 말이 나오는 거야?
이 아빠는 울고 싶구나!

꾹 꾹
아빠 잠깐만!

소곤
…저거 마인 맞지?
소곤
아마도. 가장 화난 마인인데
눈빛이 이상하게 빛나서 무서워

페이랑 애들이 점토판을 밟아 버렸을 때에도 저랬었거든

후
후
후
후
어떻게 하면
페이와 애들도
숲에 못 가도록
…할 수가
있을까?
후
'트라우마급'
공포를 느끼게
'우물 귀신' 을
맛보게 해줄까?

…마인.
너 지금
무슨 생각을
하고 있니?
응~?

…차라리
'사다코' 를
보여줄까?
윽
무슨 말인지는
모르겠지만
전부 음산한
기운이 풍긴다!!

…페이는
아무 관계
없잖냐
관계?
있어 있어
…일단
무슨 말인지
알겠어
페이

…제대로
이해했어
휴!
그래.
다행이…

그나저나
점토판은
부서졌지,
다시 만들기엔
시간이
부족했고
돌아와서
열 때문에
숲에 가는 것도
반대하고
점토를 가지고
오는 것도
반대하고…

녀석들
목숨을
부지할 순
있으려나
무서운
말 마라!
내 딸을
범죄자로
만들 셈이냐!?

모든 분노가
페이랑
애들한테
향하겠네

그치만
그렇게
만든 게
아저씨잖아
뭐?
점토판도
숲에
가는 것도
못하게 한 건
아저씨잖아

마인이
진짜 화내면
나도 무서워
톡
톡
녀석의
머리는
우리랑
구조가
다르잖아

무슨 짓을
할지 몰라서
더 무서워
하긴…

저 박력이면 애들은 더 겁먹겠는데…
아빠. 한 번만 더 숲에 가게 해 주면 안 돼?

저런 마인이 페이랑 애들한테 어떻게 화낼지 무서워
꼬옥

…어떻게 하면 마인을 막을 수 있겠니?
난 잘 모르겠지만…
숲에서 마인을 말려준 루츠라면 알지도 몰라

아~ 그러면 페이랑 애들한테 엄청 분풀이 하겠는데
마인의 눈이 무지개색이 되면 말릴 수가 없거든

숲에서 점토판을 만들 때마다 체력이 붙는다고 했어
…점토판이 그렇게 중요한 물건이었구나…
짤랑

…애써
이것저것
계획했는데…
아깝잖아

벌컥
하나도
안
아까워!
그런
계획은
당장
버려!

뿌ー
쳇…
하아ー

타악
휴
마인을
범죄자로
만드는
상황은
피했고
페이와
아이들에게
분풀이하는
상황도
벗어났군

난 마을의
평화와
가족의
행복을
지켜냈어
…응?

잠깐?
애초에
약속을 깬
반성은
전부
어디갔지?
END

으~
…그렇
구나…

진지한
질문인데…
어떻게 하면
마인의 화를
누그러뜨릴
수 있겠니?

짤랑
그건
간단해

마인의 눈앞에
점토를
쌓아 두면 돼
착
점토판을
완성하겠다는
생각에
온 정신이
팔릴 테니까

……

…그러니까
크…
열이 내려서
완벽하게
건강해지면
숲에 가도
좋다

카즈키 미야 선생님 Q&A

2016/9/23 ~ 10/10 동안 '소설가가 되자'의 활동 보고에서 모집한 독자님들의 질문에 대답해드립니다. 페이지 관계상 모든 질문에 대답할 수는 없지만, 되도록 많이 싣도록 힘썼습니다. 카즈키 미야

◆ 세계관에 관해서

Q 행상인이 있다면 그들을 호위하는 용병도 있나요?

A 시민권을 가진 상인이 고용하는 호위는 있습니다. 벤노가 고아원과 관계없는 일로 다른 마을에 나갈 때에는 고용합니다. 하지만 행상인은 기본적으로 고용하지 않습니다. 자신의 신변과 재산은 자신들이 지킵니다. 그들을 위해 일할 호위도 그리 많지 않습니다. 만약 시민권이 없는 행상인이 호위를 고용한다면 그들에게 습격당하거나, 상품과 돈을 뺏길 걱정을 해야 합니다.

Q 마수와 평민은 어떻게 싸우나요?

A 덫을 치거나 무기를 휘두르며 싸웁니다. 평민이 소재를 어떻게 회수하느냐는 1권 '마인이 없는 일상'을 참고해 주세요. 싸워서 이길 수 있는 마수라면 싸운다. 무리일 것 같으면 도망친다. 마수에게 잡히면 먹힌다. 그런 느낌입니다.

Q 돼지나 닭이나 산양 같은 가축은 마수와 다르나요?

A 평민과 귀족만큼 다릅니다.

Q 평민도 마도구를 쓰는 묘사가 있는데, 그건 귀족이 만드나요? 아니면 평민이 만드나요?

A 마술구는 귀족이 만듭니다. 평민은 못 만듭니다.

Q 겔다 할머니 같은 서비스업도 상업 길드에 등록하나요?

A 겔다 할머니는 불법 영업입니다.

Q 일기예보 없이도 다들 날씨를 예측하는 것 같다고 마인이 말했는데, 프리다와 벤노는 어떻게 다음 날 날씨를 아는 건가요?

A 일본에서도 비 냄새가 나거나, 피부에 닿는 공기의 감촉으로 날씨 변화를 대충 알 수 있잖아요? 그것처럼 공기가 바뀌고 냄새나 공기 중의 수증기나 구름 모양의 변화로 느낄 뿐입니다. 에렌페스트에서는 겨울에 강수량(눈)이 많고, 봄부터 가을까지 맑은 날이 많아 현저하게 차이가 납니다. 마인은 바깥에 나가지 않고, 날씨에 관심이 없어서 모를 뿐입니다.

Q 왜 평민은 결혼할 때 아버지가 자식의 결혼 상대를 본인 마음과 상관없이 고르려는 건가요? 왜 결혼 상대를 고를 때 꼭 동네 사람이어야 하나요?

A 일본에서도 5, 60년 전에는 흔한 일이었습니다. 집안끼리의 교류 상 형편이 맞아야 했기 때문입니다. 예를 들어 평민촌의 북쪽 끝에 있는 오트마르 상회의 후계자와 투리가 아주 사랑한 끝에 결혼하게 됐다고 칩시다. 예물 등의 격이 맞지 않아 귄터와 에파는 결혼 준비 단계에서 파산할 겁니다. 꼭 동네 사람이어야 하는 건 아닙니다. 상대가 어떤 사람인지 정보가 풍부하고, 집안의 격이 맞는 사람과 결혼하려다 보니 필연적으로 동네 사람과 하게 되었다는 말이 맞겠군요.

Q 평민촌에서 귀족이 빚을 갚지 못해 잡힌 전당물 중에 아직 팔리지 않은 책은 어떻게 됐나요?

A 3부 2권의 유스톡스의 평민촌 침입 대작전을 봐 주세요. 중요하지 않은 설정이지만, 에크하르트의 죽은 부인 하이데마리의 친정에서 잃어버린 책 중의 하나입니다.

Q 에렌페스트는 식재를 삶은 국물을 버리는 조리법을 따르는데, 따로 모델이 있나요?

A 영국 요리법을 참고했습니다.

Q 마인은 평민촌에 살 때 이는 어떻게 닦았나요? 또 귀족은 어떻게 닦나요?

A 평민촌은 1부 3권 루츠 시점의 단편을 참고해 주세요. 귀족은 전용 양치액으로 입을 가십니다.

Q 에렌페스트의 평민촌은 치안이 좋나요? 귄터는 한잔 하러 가기도 하는데, 밤에도 평범하게 다닐 수 있을 정도로 안전한 건가요?

A 술주정뱅이가 시비를 걸거나 조금 귀찮은 일에 휘말리기도 하지만, 그렇게 위험하지는 않습니다. 시민권이 있는 자만 마을에 살 수 있기 때문에 방랑자나 도둑질로 생계를 유지하는 어린애 집단이 없는 점, 또 중범죄를 저지른 죄인은 시민권을 박탈하고 추방하여 다시는 마을에 못 들어오게 하는 점이 큰 이유입니다. 여행객도 문제를 일으키면 내쫓아 버립니다.

Q 마인과 루츠가 가진 길드 카드는 어느 계층까지 소지하나요? 루츠의 아빠 같은 장인(주인장)도 가지고 다니는 물건인가요?

A 대표로 거래하는 공방 주인장까지입니다.

Q 마인의 평민촌 세례식 전후로 벤노 씨가 세운 제지 공방은 문밖의 강 근처에 있나요?

A 네. 그렇습니다. 흰 건물을 부수거나 길을 터서 자유롭게 물을 끌어 올 수 없으므로 문밖에 세웠습니다.

Q '상점에는 장사의 신과 물의 여신이 깃들어 있다' '문에는 여행객의 수호신과 바람의 여신이 깃들어 있다' 라고 하는데, 장사의 신과 여행객의 수호신은 어느 대신의 권속신인가요?

A 장사의 신은 물의 권속신이고, 여행객의 수호신은 바람의 권속신으로 둘 다 여신입니다.

Q 에렌페스트에는 바다가 없는 것으로 아는데, 소금은 어떻게 손에 넣나요?

A 나무 열매에서 얻습니다. 제법 흔하게 있습니다.

Q 최소 화폐가 10리온(소동화)인데, 1리온은 안 쓰나요? 아니면 엔처럼 잔돈으로 취급하는 곳에서는 취급하나요?

A 흔히 말해 잔돈 같은 개념입니다. 평소엔 쓰지 않고, 시장 등 잔돈이 생길 때도 버리거나, 작은 서비스 물품으로 대체하기도 합니다.

Q 에파와 귄터의 부모는 현재 뭐 하고 있나요?

A 에파와 귄터의 부모는 다 돌아가셨습니다. 평민촌은 귀족가에 비해 평균 연령이 낮습니다.

Q 루츠네 집도 그렇고 할머니, 할아버지와 같이 살지 않는 것 같은데, 결혼하면 집을 나가야 하나요? 그럼 평민촌은 포화할 것 같은데요?

A 부모와 사는 건 기본적으로 마지막까지 집에 남는 아들입니다. 루츠의 집은 이미 루츠가 집을 나왔기 때문에 남은 사람은 랄프겠네요. 결혼해서 집을 나가지 않으면 빈민가 집은 너무 좁습니다. 생각하신 대로 평민촌 인구는 과밀 상태라 집과 자신의 공방을 가지려고 집세가 싼 마을로 이동하는

평민도 있습니다.

Q 평민은 죽을 때까지 일해야 하나요?

A 몸이 움직이지 않을 때까지 일합니다. 정년퇴직은 없습니다.

Q 생명의 신 에이비리베가 흙의 여신 게두르리히를 겨울 동안 감금하고 능욕했다는 신화를 처음 들은 다른 사람은 아무 생각이 안 드나요? 충격적인 얘기인데 당연하듯이 흘려 넘겨서 신경 쓰여요.

A 평민은 일곱 살 세례식 때 처음 신화에 대해 제대로 듣게 됩니다. 무슨 뜻인지 모를 얘기를 지겹도록 들어야 한답니다. 루츠를 비롯해서 '긴 얘기는 이제 됐으니까 얼른 끝내!' 같은 감상이 대부분이겠죠. 귀족의 경우에는 귀족다운 에두른 표현이 많이 포함되어 있어서 어릴 때에는 뜻을 잘 모르지만, 귀족원에서 정확히 배우면서 내용을 이해하게 될 때쯤엔 사춘기 시기라 표정 관리를 몸에 익히게 됩니다. 속은 어떨지 모르겠지만, 생각을 얼굴에 드러내지는 않습니다.

Q 벤노 씨의 죽은 연인이었던 리제에 관해서. 더 이상 파고들어 봤자 아무것도 안 나와서 안 쓰는 건지, 사인은 평범한 병이었는지, 아니면 실은 신식이었고 그래서 벤노가 다른 평민들보다 지식이 있었던 건지 궁금합니다(주변에 신식이 있고 없고로 정보량의 차이가 있다고 생각해서).

A 우와, 예리하시네요. 그렇습니다. 리제는 사실 신식이었습니다. 마력은 꽤 낮았고, 2차 성징 성장기에 발병하여 벤노와 결혼하기 전에 사망했습니다. 리제에 관해서는 앞으로 마인 시선에서 언급될 일은 없습니다. 이야기의 주역이 벤노였다면 제법 큰 비중을 차지했겠지만요.

Q 마인의 세례식 때 등장한 청색 신관이 누구였는지 궁금해요. 혹시 페르디난드 님이었는지 살짝 의심하고 있어요.

A 코믹판을 기대해 주세요.

Q 파루는 대체 무슨 마목인가요? 나무에 남은 열매는 어디로 가 버리는 건가요?

A 파루는 파루입니다. 나무에 남은 열매는 여기저기로 날아가서 눈과 동화되고, 봄이 되면 땅 위에 씨만 남습니다.

Q 회색 신관/무녀 의상은 귀족이 입는 옷이 아닌데 어느 공방에서 제작하나요? 신관 의상 안에 입는 옷이나 속옷 종류는 어떻게 하나요? 부족해지면 청색 신관에게 은총으로 부탁하나요?

A 재봉 쪽 공방의 겨울 수작업 중 하나로 신전 측 비용으로 준비하며 1년에 한 번 지급합니다. 작아진 옷은 따로 보관하여 물려주므로 사실 견습복은 의외로 넘쳐납니다.

Q 마인의 측근인 델리아 외의 회색 무녀들은 꽃을 바치기 싫어하는데, 그녀들은 얼마나 소수파인가요? 아니면 에니처럼 억지로 하는 사람도 사실 적은 것 아닌가요?

A 마인이 고아원장이 되기 전 고아원 생활이 고통스러울 무렵에는 고아원을 빠져나갈 수 있느냐가 중요했기 때문에 크리스티네처럼 특수한 주인을 모시는 사람 외에는 기쁜 마음으로 청색 신관 밑으로 들어갔습니다. 지하의 회색 무녀가 사라진 후에는 청색 신관을 모시게 되면서 업무 내용을 알고 후회하는 자도 생겼지만, 그래도 고아원에 돌아가는 것보다는 훨씬 낫다고 다들 생각했답니다.

Q 제2부에서 마인이 고아원장으로 취임한 1년 사이에 고아원에 온 고아는 딜크뿐인데, 너무 적지 않나요? 고아원행이 마지막 수단이라 쳐도 원래 훨씬 고아가 많지 않으면 회색 신관과 무녀의 공급이 불편하지 않나요?

A 유행병 등으로 부모와 친척이 한꺼번에 사망하여 맡길 곳이 없는 경우에 단숨에 늘어납니다. 너무 늘어나면 작중에서 다루기가 곤란해지는 이유가 가장 크지만요.

Q 페르디난드가 프랑을 무척 마음에 들어 하고 신뢰하는 듯한데, 그렇게 된 계기는 뭔가요?

A 페르디난드는 신관장이 됐을 때 회색 신관을 몇이나 시종으로 거뒀습니다. 교육 단계에서 실격하여 고아원으로 돌아간 회색 신관만 해도 열 명 정도 있습니다. 프랑은 교육 단계의 과제를 묵묵하고 성실하게 임하여 페르디난드의 눈에 띄었습니다. 평소 일하는 자세로 신뢰를 쌓았고, 마인을 대하는 근무 태도로 평가가 더욱 올라갔습니다.

Q 마인은 청색 무녀 시절부터 회색 신관과 무녀들에게 '급료'를 지불했을 텐데, 그들은 그 돈을 어떻게 했나요? 쓸 것 같지는 않은데. 프랑은 의외로 착착 모으고 있나요?

A 숲에 갈 때 군것질하기도 합니다. 눈에 보이는 형태로 평민촌에서 돈을 쓰는 것도 중요하다는 루츠의 말에서부터 시작되었습니다. 길은 길베르타 상회에 심부름을 갈 때 입을 옷을 사는 데에 꽤 많이 썼습니다. 프랑은 제법 저축해 뒀고요. 빌마는 미술 용품을 사는 데에 조금 썼습니다.

Q 신전 청색 신관들에겐 요리사 등 허드레꾼이 있을 텐데 그들은 평민이죠? 평민촌에서 왕래하나요? 신전에서 살면 결혼을 못하잖아요. 아니면 요리를 하는 회색 신관이 있나요?

A 요리사는 허드레꾼입니다. 출퇴근하는 사람도, 기숙하는 사람도 다 있습니다. 청색 신관의 집에서 청색 신관과 함께 왕래하는 자, 신전에서 사는 자로 나뉩니다. 허드레꾼은 신관이나 무녀가 아니므로 결혼을 못하지 않습니다. 단, 신전에 부부용 방이 없어서 결혼 후에는 집에서 다니게 됩니다. 요리는 회색 신관의 업무가 아니었고, 마인이 조수로 쓰면서 고아원에서 시키게 되기까지 요리하는 회색 신관과 무녀는 없었습니다.

Q 신관장이 로제마인의 마력량이 자신의 비밀의 방에 들어갈 수 있을 만큼 많다는 걸 눈치챈 계기는 뭐였고, 언제였나요?

A 제2부 시작 시점에서 페르디난드의 비밀의 방은 신전장의 출입을 방지하려고 입실을 제한한 것으로 설정했습니다. 그리고 처음 신구에 마력을 봉납했을 때 마인의 마력이 신전장을 뛰어넘는다는 걸 예상했으니 꽤 일찍부터 눈치챘습니다. 마인의 마법량에 확신을 가진 건 토론베 토벌 때네요. 그리고 기원식 전 질베스타와 비밀의 방에서 얘기할 때 도구와 자료를 이것저것 조물락거리는 바람에 입실 제한 기준을 변경했습니다.

Q 마인이 의식을 동조할 때 먹은 약이 달다고 했을 때 왜 신관장은 의외라고 생각했나요? 그 약은 사람의 마력량에 따라 맛이 다른가요?

A 속성 수나 마력량이 비슷하면 마시기 쉽고, 차이가 크면 상당히 쓴 약이라서 신관장이 놀란 겁니다. 마인은 신식이라 누가 만든 약이든 마시기 쉽겠지만요.

Q 다무엘은 시키코자와 함께 사라질 캐릭터가 아니었나요? 시키코자→송사리 기사(자코키시), 다무엘→헛된(무다) 엘이라고 생각했는데요.

A 사실 처음 붙였던 이름은 다무엘이 아니라 자무엘이었습니다. 그런데 자무를 다무로 친 오타가 그대로 업로드되는 바람에 설정 이름을 변경했습니다. 굳이 말하지 않으면 모를 작은 실수였어요. 다무엘은 마인 시절을 잘 아는 유일한 호

위 기사로서 수행할 예정이니 사라질 계획은 없습니다. 초반부터 이름을 실수했다는 의미로는 '책벌레'에서 손꼽히는 불쌍한 캐릭터지만요.

Q 일반 귀족 여성이 보기에 다무엘은 구체적으로 얼마나 결혼 상대로 부적합한가요?

A 가문을 잇지 않는 차남이라 물려받을 마술구나 재산이 없습니다. 그리고 처벌을 받은 적이 있습니다. 현대로 바꿔 생각하면 집 없고, 돈 없고, 해고 후보 1순위라 언제 잘릴지 모르는 전과자라는 느낌이겠네요.

Q 마력을 흡수하는 것 같은 파루는 역시 토론베인가요?

A 서로 다릅니다.

Q 기사의 전투는 슈타프라는 무기를 쓰는 육박전이 메인인 것 같은데, 제2부 종반에서 쓴 공격 마법은 역시 드문가요?

A 마력 방출을 말씀하시는 거죠? 드물지는 않지만, 상위의 존재가 압도적인 마력으로 하위의 존재를 괴롭힐 때나 원격 공격에 쓸 때가 많습니다. 즉, 그 장면에서 다무엘은 빈데발트 백작에게 바보 취급을 당하는 상황이고, 페르디난드는 빈데발트 백작을 완전히 하수 취급했죠.

Q 타우 열매=토론베가 귀족에게 알려지지 않은 이유를 알고 싶어요. 저렇게 중요하고 별 축제 때 대놓고 던지는데 왜 모르나요?

A 귀족은 평민촌에 드나들지 않고, 별 축제에 참가하지 않으니 아는 쪽이 더 놀랍습니다. 보통은 타우 열매가 한 번 땅속에 파고들면 몇 년 동안 그 땅의 마력을 비축한 후에 발아합니다. 그래서 평민도 토론베가 땅속에서 갑자기 나타나는 식물인 줄로만 알지, 타우 열매와 같다고는 생각하지 못합니다. 마인은 땅에 파고들기 직전의 열매를 잡아서 마력을 빨리는 바람에 우연히 발견했던 겁니다.

Q 타우 열매의 원목은 어떤 구조인가요? 매년 이벤트를 벌일 정도로 떨어져 있다는 건데 성장한 토론베에서 떨어졌을 리도 없고…….

A 토론베에는 수그루와 암그루가 있습니다. 타우 나무가 암그루고, 쑥쑥이 나무가 수그루입니다. 날뛰면서 꽃가루를 날리는 거지요.

Q 신랑신부에게 타우 열매를 던지는 것도 마력과 관련된 순산 기원이 그 기원인가요?

A 딱히 그런 이유는 없습니다. 타우 열매를 줄이는 것이 가장 큰 목적이며, 이차적 효과로 신식까지는 이르지 못한 평민이 마력을 발산하는 장이 됩니다.

Q 빌마나 로지나의 전 주인인 크리스티네는 지금 어떻게 되었나요?

A 3부 1권 시점에서는 본가로 입적되었습니다.

Q 크리스티네의 계급에 관해. 서적판 2부를 다시 읽어 보니 재력과 신전의 잡무를 청색 신관에게 맡긴다는 내용이 있는데 혹시 상급 귀족의 애첩으로 들어갈 수 있는 수준의 아가씨인가요?

A 그렇습니다.

Q 헨릭 집안의 사람들, 특히 본처는 실제로 프리다를 어떻게 생각하나요?

A 제3부 I 시점에서는 중요한 돈줄이며 마력 제공자로 봅니다.

Q 프리다는 자식이 태어나면 어쩔 셈인가요?

A 결정하는 건 프리다가 아니라 남편인 헨릭입니다. 귀족이 될 마력량이면 헨릭이 키우겠지만, 귀족으로 대우받을지 어떨지는 자식에게 부여하는 마술구의 양에 좌우됩니다. 마술구가 없다면 헨릭 집안의 마술구를 부리는 하인이 됩니다. 신식 정도의 마력도 없다면 세례식 전에 오트마르 상회로 내쫓기겠지요.

Q 프리다는 언젠가 귀족가에 상점을 차리겠다고 했는데 귀족가에도 상점가가 있나요?

A 귀족 부인들이 마술구나 회복약, 취미용 장식품 등을 매매하는 곳은 있습니다. 대부분은 주택 한 구석의 별장을 쓰며 상점이라기보다 공방에 가까운 곳입니다. 귀족에게는 부업이나 아르바이트 같은 일입니다.

Q 헨릭은 귀족가에서 프리다에게 상점을 차려줄 정도의 능력이 되나요?

A 애첩용 별장만 주면 되니 딱히 능력은 필요 없습니다.

Q 프리다의 마력량은 어느 정도인가요? 하급귀족 정도?

A 귀족원에 가지 않은 상태라도 성인이 되면 하급과 중급 사이쯤 되는 마력량입니다.

Q 등록 메달은 마인의 평민 시절과 귀족 시절에 총 2번 등장하는데, 평민 때 매장에서 썼던 등록 메달이 아직 유효한가요?

A 아뇨. 페르디난드가 일부러 대응하며 잔꾀를 썼습니다. 마인의 무덤에 쓴 건 누구의 것도 아닌 메달이고, 평민 시절 메달은 이미 폐기했습니다.

Q 아르노는 로제마인에게 유해한 존재가 될 가능성이 있어서 페르디난드가 처분한 건가요?

A 미래의 가능성만이 이유가 아닙니다. 아르노가 개인적인 감정으로 행동함으로써 청색 견습무녀가 위험에 처했고, 고의로 보고를 누락해 하마터면 주인인 페르디난드의 계획이 틀어질 뻔했습니다. 이미 저질러 버린 죄의 크기, 또 같은 잘못을 저지를 거라는 예측 끝에 처분한 것입니다.

Q 기수에 관한 질문입니다. 레서버스를 그륀과 혼동할 정도니까 마수는 각각의 동물 색상을 따르리라고 생각했는데, 일러스트에서 하얗게만 보여서 실제로는 어떤지 궁금합니다.

A 처음에 마석을 자신의 마력으로 물들이므로 기수는 그 마석의 색깔을 따라갑니다. 기수의 마석을 물들이는 때 쓰는 방법으로 색깔을 바꿀 수도 있지만, 단색입니다. 다른 사람의 기수에 관해서는 2부 2권 304~305쪽을 봐 주세요. 오히려 그 동물의 색깔을 따라가지 않기 때문에 레서버스를 그륀으로 잘못 본 겁니다.

Q 기수의 전투 능력은 어느 정도 있나요? 변형 능력이나 불꽃을 내뿜는 건 아무도 못한다고 쳐도 물고 뜯거나 발톱으로 찢는 것 정도는 하나요?

A 마석이니까요. 술사의 이미지로 날개나 다리를 움직이는데, 물거나 할퀴는 공격은 어떨까요? 그런 공격을 명확하게 이미지하기 위해 마력을 쓰기보다 차라리 스스로 공격하는 편이 확실하겠지요. 기수는 기본적으로 이동을 위한 마술구입니다.

Q 로제마인의 측근이나 귀족 가족들이 소유한 기수나 인기 있는 기수의 형태를 알고 싶어요.

A 칼스테드 집안의 세 아들은 날개가 달린 원숭이 모양의 기수를 소유하고 있습니다. 천마가 가장 인기 있습니다.

Q 진찰 마법진이 있는 걸 보면 귀족은 의사를 직업으로 삼기도 하는 것 같은데 평민촌에는 없나요? 또 로제마인이 쓰러졌을 때 왜 의사를 부르지 않았나요?

A 평민촌 의사는 귀족원에서 배우지 않기 때문에 귀족 의사와

는 완전히 다른 부류입니다. 그리고 귀족가나 평민촌이나 의사를 부르는 비용이 많이 듭니다. 일본에서 보험증이 없어서 100퍼센트 자기 부담으로 병원에 갔다고 생각해 보세요. 마인은 자주 쓰러졌지만 의사를 부르지 않았습니다. 상당히 심각할 때는 약(마인 집안에서는 고가)을 살 정도였습니다. 로제마인이 된 이후에는 체내에 마력이 있다는 사실을 알리지 않기 위해 의사를 부르지 않고 페르디난드가 주치의를 대신하여 세세하게 지시를 내리고 있습니다.

Q 둘째 부인, 셋째 부인이 흔하다면 귀족은 딸을 낳는 확률이 높은 건가요?

A 출생률은 크게 다르지 않지만, 후계자가 확정되면 정략결혼을 시키려고 먼저 여자아이에게 마술구가 돌아가기 때문에 여자아이가 귀족으로 살아남을 확률이 높습니다. 반대로 귀족 집안의 하인은 남자가 많습니다.

Q 누가 페르디난드의 일러스트를 페르디난드에게 고자질했는지 꼭 가르쳐 주세요.

A 처음 일러스트의 존재를 알려준 사람은 칼스테드입니다. 엘비라가 사 놓고 좋아하더라는 말을 잡담 식으로 말한 겁니다.

Q 귀족에게 '음치'가 있나요? 페슈필 교육으로 교정하나요?

A 어릴 때부터 페슈필 연습을 하므로 어느 정도 교정이 됩니다. 단 한 사람도 없는 건 아니지만, 음치는 음악을 못한다는 평가를 받습니다.

Q 귀족가에도 허드레꾼 같은 평민이 있는데, 그들은 각자의 직장에서 사는 사람들인가요? 평민 집에는 없나요?

A 모두 귀족가의 직장에서 삽니다. 평민 집에는 없습니다.

Q 제3부 I 에 의하면 귀족가에 보통 300명 정도의 귀족이 있다는데, 상급·중급·하급의 비율은 어떻게 되나요?

A 상급·중급·하급은 1:4:3 정도입니다.

Q 백작 등 작위는 영지에 얼마나 공헌했느냐로 구별합니까? 백·자·남이 나오는데, 남작보다 아래 작위도 존재합니까? 공작이나 후작도 있나요? 또 작위와 상·중·하급도 연동하는지 어떤지 궁금해요.

A 작위는 토지에 따라갑니다. 그래서 백작, 자작, 남작 외의 작위는 없습니다. 기베 외에 작위를 가진 귀족은 없습니다. 땅의 크기와 작위, 상-중-하급의 지위는 연동합니다.

Q 중급과 하급 귀족의 차이를 한눈에 알 수 있는지와 그 경계가 뭔가요?

A 급의 차이는 겉으로는 알 수 없습니다. 하지만 어느 정도 나이가 들면 자신과 비슷한 마력량을 가진 상대방의 마력을 느낄 수 있게 됩니다. 마력량에 따라 자식을 만들 수 있는지 없는지가 나뉘므로 자신의 결혼 상대가 될 수 있는 이성인지 아닌지, 연적이 될 사람인지 아닌지 대략 잴 수 있으므로 자신의 마력량을 기준으로 대강 알 수 있습니다. 속성의 수는 눈으로 파악할 수 없습니다.

Q 하급-상급 귀족의 차이가 마력으로만 묘사되는 경우가 많은데, 그중에는 하급이면서 중급만 한 마력을 가져도 계급이 올라가지 않잖아요? 어떻게 하면 계급이 오르나요?

A 상급, 중급, 하급은 세례식을 치르는 생가의 계급에 따라 정해집니다. 특출한 개인이 계급을 올리는 방법은 양자 결연이나 결혼뿐입니다. 3대 이상이 안정적으로 높은 계급의 마력을 보이면 집안의 계급이 올라갑니다.

Q '시종'에 관해 질문입니다. 로제마인에게는 귀족 시종이 붙는데, 그 시종의 시종은 있나요?

A 성에서 사는 시종들에겐 그들의 방과 생활을 돌보는 시종이 있습니다. 시종들이 스스로 고용한 시종입니다. 또 그 시종이 귀족일 경우엔 그 시종의 집이나 방에도 시종이 있습니다. 하급 시종이라 시종을 고용할 수 없을 때는 마술구를 받지 못한 친족이나 사들인 회색 신관과 회색 무녀 출신들을 시종으로 삼아 자신의 생활을 돌보게 합니다.

Q 재배 혹은 사육되는 마목이나 마수가 있나요?

A 스밀을 비롯한 마술구의 실험재료로 쓰는 마수나 개 같은 마수, 펫으로 키우는 마수는 있습니다. 또 회복약 제조에 필요한 재료는 약초원이나 온실에서 재배합니다. 하지만 사육도 재배도 마력이 필요하므로 사육하면서 마력이 적게 드는 마수가 아니면 펫으로 키우지 못하고, 마목의 재배도 마력이 넘치지 않으면 계속 키우지 못합니다. 채집보다 재배하는 편이 효율이 높은 약초를 재배합니다.

Q 폭신폭신한 빵은 무슨 빵인가요? 롤빵, 소프트 프랑스빵, 브리오슈, 이런 종류와 다른 빵인가요?

A 롤빵이라 생각해 주세요.

Q 축사의 한자를 어떻게 읽는지 가르쳐 주세요.

A '대신' 오오가미, '부부신' 메오토가미, '최고신' 사이코우신, 입니다.

Q 마력이 비슷하지 않으면 자식을 만들지 못한다는 말은 관습적인 의미인가요, 의학적인 의미인가요?

A 의학적인 의미입니다.

Q 이 세계에서는 가문명이나 성에 해당하는 이름은 역시 존재하지 않나요?

A 귀족에게는 있습니다. 하지만 그렇지 않아도 긴 이름인데 더 길어지면 혼란스럽기만 하잖아요? 특히 기베는 부여받은 땅의 이름과 가문명과 본인의 이름을 붙이게 되어 있습니다. 쓸데없이 글자 수만 많아지고, 혼란만 초래해서 이 상태로는 이름을 못 외우겠다는 분도 많기 때문에 표시하지 않길 잘했다고 생각합니다.

Q 모토스 우라노라는 이름은 '책벌레의 혼령'의 한자에서 따왔습니까? 아니면 메스티오노라(지혜의 여신)에서 따온 건가요? 독일어 인명사전에 귄터와 에파는 나오는데, 마인은 성으로만 나와요. 이름의 유래는?

A 책은 모름지기 나의 것이다. 일본어의 1인칭 중에 '우라'라는 말이 있습니다. 우라노→나의 것→영어로 mine인데 독일어로 main '주요, 주된'에서 주인공을 나타냈습니다.

Q '층'을 세는 방법에 관해 질문입니다. 유럽처럼 일본의 2층이 1층에 해당하나요? 아니면 일본과 마찬가지로 세나요? 평민촌에 있을 무렵의 묘사로 봐서는 후자인 줄 알았는데 고아원 설명으로 '지층'이라는 표현이 있어서 전자 같기도 해서 헷갈립니다.

A 평민과 귀족이 다릅니다. 신전은 귀족 계층이므로 유럽처럼 셉니다.

Q 에렌페스트의 평민이 사는 집은 전세인가요? 자기 집인가요?

A 전세입니다. 영지 내에 있는 모든 건물은 아우브의 것입니다.

Q 혼과 죽음의 개념을 알고 싶습니다. 마인(우라노 빙의 전)의 혼은 어떻게 됐나요? 윤회전생이라는 개념이 있나요? 귀족, 평민 다 합쳐서 어떤 상태가 되면 '멀고 높은 곳에 오르다'가

되나요? 그곳에 오른 뒤에는 어떻게 된다고 생각하면 되나요? 오봉절*이 있나요? 죽음을 직시하지 않는 이야기라 굉장히 궁금합니다.

A 이 이야기는 환생이므로 마인의 혼은 그대로 마인입니다. 우라노의 기억이 되살아난 것뿐입니다. 정보량이 압도적으로 많은 우라노의 기억에 상당한 영향을 받았지만, 다른 사람인 건 아닙니다. 이 세계에 윤회전생이라는 개념은 딱히 없습니다. 장례를 치른 다음 날, 아침 해가 떠오르는 때가 멀고 높은 곳으로 오르는 때라고 생각합니다. 오봉은 없습니다. 죽음=신들의 환영을 받기 때문에 굳이 인간 세상에 돌아오지 않습니다.

Q 에렌페스트의 시간을 알리는 종은 어디에 있나요? 아우브 마을을 세울 때부터 포함된 기능이라고 생각했는데요.

A 시간을 알리는 종은 귀족 마을에선 성과 외벽, 신전, 하급촌에서는 동서남북 각 문에 영주의 마을 방호용 마술구가 있는 곳에 있습니다. 마을을 만들 때부터 있었던 기능입니다.

Q 지금 마인의 고집스러운 성격은 우라노의 성격보다도 기억을 되찾기 전의 원래 마인의 성격(귄터를 닮은) 쪽이 강하다고 생각하는데 어째서인가요?

A 어째서일까요? 다만 예전 마인의 '튼튼했으면 좋았을 텐데'라는 마음이 '누워 있으면 언제까지고 책을 못 읽잖아!'라는 욕망으로 바뀌었기 때문에 꼭 마인이 강하다고 단정하기는 어려울 것 같습니다.

◆ 제작에 관해서

Q 왜 책벌레를 쓰려고 생각했는지 그 경위가 궁금합니다.

A 육아가 일단락되고 짬이 생길 때 집에서 소설을 쓰면 돈도 안 들고 취미로도 좋겠다 싶어서 시작했습니다. 그 무렵엔 설마 제 직업이 될 줄은 꿈에도 생각 못 했어요.

Q 작가님은 어떻게 작품을 쓰는지, 설정은 어느 단계에서 어디까지 정하는지 등 집필에 관련된 것들이 궁금합니다. 이세계라는 배경으로 이곳에 없는 습관과 신들의 세세한 설정이나 매력적인 캐릭터들을 어떻게 만들게 됐나요?

A 우선 이야기의 기본이 되는 세계를 만듭니다.
풍토·신분제도·종교·연애&결혼관·주변 나라와 그 관계·판타지 요소 등, 그 주변을 정합니다. 전 처음부터 세계를 만들기가 어려워서 북부 독일 및 오스트리아, 스위스, 네덜란드, 스웨덴 등을 참고했습니다. 옛날 일본의 풍습을 참고한 부분도 있습니다. 대충 틀 정도만 짜면 되지만, 여긴 왜 이렇게 되느냐는 질문을 받을 때 대답할 수 있을 정도만큼의 지식은 두루 필요합니다. 전 세계관을 다지기 위해 책을 50권 이상은 읽은 것 같습니다. 이번 Q&A에 대답을 드리면서 미리 정해 둘 걸 그랬다고 생각한 것들도 많았습니다.
세계관이 갖춰졌다면 이제 이야기를 만듭니다. 먼저 시작과 끝을 정합니다. 어떤 상태에서 시작해서 어떻게 마지막을 끝낼지. 가장 중요한 틀을 짜는 느낌으로요.
전 대개 프린트지에 쓰는데, 1부부터 마지막까지 A4용지 한 장에 가장 큰 흐름을 쓰기 시작했습니다. 다 죽어가는 허약한 병사의 딸→현대지식을 활용하여 만든 물건으로 귀족과 연결고리가 있는 상인을 알게 됨→종이 만들고 야호!→세례식에서 신전 도서실에 돌입→마력을 가졌다는 사실이 판명→상인의 연줄을 가진 신전 청색 견습무녀로→고아원을 구하고 노동력 GET!→인쇄업 착착 진행→등사판 인쇄로 책 완성→마력을 쓰는 의식으로 귀족에게 찍힘→신식 고아에서 시작된 타 영지 귀족과의 분쟁→가족과 헤어져 귀족 사회로→영주의 양녀→???라는 식으로. 책 제작과 신분의 진행 상황을 중심으로 썼습니다.
큰 틀이 정해지면 이제 중간 틀입니다. 1부의 흐름을 또 A4용지에 정리합니다. 1부라면 환생에서 신전에 들어가기까지의 필수 이벤트를 써 갑니다. 중간에 어떤 재미있는 이벤트를 넣는대도 이것만큼은 꼭 통과해야 하는 이벤트지요.
중간 틀이 정해지면 주요 캐릭터를 골라냅니다. 병사의 딸이니까 병사 가족, 귀족 사회의 다리 역할을 하는 상인, 상인과 병사를 잇는 역할, 함께 종이를 만들어 줄 소꿉친구처럼 역할을 정합니다. 어떤 역할을 할 사람이며 어떤 성격인지가 중요하므로 이름과 겉모습은 제일 마지막에 정합니다. 플롯 단계에서는 '상인A'나 '소꿉친구(남)'나 '시종1(성인남)' 같이 간단하게 씁니다. 캐릭터가 정해지면 세밀한 틀을 정합니다. 중간 틀에서 정한 이벤트와 이벤트 사이를 메꾸는 작업입니다. 이 이벤트에서는 ○○가 필요하니까 ○○를 만드는 이벤트를 여기까지 넣어야 한다든지, 이걸 하기 전에 이런 내용을 넣어둔다든지, 이런 묘사는 이쯤에서 한 번은 필요하다든지를 생각하면서 적어 갑니다. 이 캐릭터에게 이런 대사는 꼭 말하게 하고 싶다든지 머릿속에 떠오른 대사를 쓸 때도 많습니다. 매일 인터넷에 올릴 때 이런 세밀한 틀을 토대로 씁니다. 가끔 독자들이 감상란에 적어주시는 지적의 해답에서 벗어날 때도 있지만, 주요 이벤트 전까지 돌아오면 된다는 느낌으로 느슨하게 씁니다. 전 너무 빡빡하게 정하면 나중에 집필이 재미없어지거든요. 정한 시점에서 만족해 버린다고 할까……. 그래서 어느 정도 여유를 두고 설정합니다.

Q 어떤 식으로 소설을 쓰세요? 평일에 매일 쓰다니 대단한 것 같아서요. 궁금합니다.

A 전날 밤에 다음날 올릴 본편의 세밀한 틀의 흐름을 종이로 옮겨 쓰면서 대사나 꼭 들어가야 하는 설명 등을 써넣고, 순서를 바꾸거나, 대화에 살을 입히면서 일련의 흐름을 종이 위에 씁니다. 그리고 컴퓨터에 입력합니다. 팔이 아픈 뒤로는 이 부분을 음성으로 입력하는데, 소리내기가 부끄러워요. 다음 날 오전 중에 정경이나 묘사를 추가해서 인터넷에 올립니다. 지금도 하루 중 평균 5, 6시간은 본편에 소비하고 있습니다.
평일에도 코믹 플롯, 러프, 올라온 원고 확인, 서적 관련 확인 메일 등을 하는데, 몇 가지 중요한 사항이 있을 땐 확인해서 메일을 보내는 데에 1시간 이상 소비할 때도 있습니다.
주중에는 본편을 갱신할 수 있도록 지금은 주말에 서적 작업을 하고 있습니다. 최근의 작업 흐름을 예로 들자면 발매 전월(8월) 전반은 3부 1권의 일러스트 관련 마지막 확인 메일을 빈번히 주고받고, 다음 권(3부 2권)의 준비에 들어갔습니다. 3부 1권의 TO북스용 특별 단편의 마감, 코믹 3권의 부록 단편 마감도 있었네요.
발매하는 달(9월)은 3부 2권의 원고 작업에 쫓기는 시기로 9월 중순쯤에 본편 원고를 올리고, 월말까지 단편 2개를 완성

* 한국의 추석에 비견되는일본의 명절. 원래는 음력 7월 15일에 지냈으나, 지금은 양력 8월 15일에 지낸다. 이 날에는 조상의 혼령이 다시 지상으로 돌아온다고 생각한다.

합니다. 그리고 새 캐릭터의 설정 자료 작성, 일러스트 희망 페이지 작성, 등장인물 소개 페이지의 코멘트 쓰기를 동시에 진행합니다. 발매하는 달에 공휴일이 있으면 작업에 조금 여유가 생기므로 전 환호를 지릅니다.

발매 다음 달(10월)에는 3부 2권의 교정 작업이 옵니다. 첫 교정과 재교정으로 두 번은 반드시 교정 작업을 합니다. 그리고 후기, 작가 프로필 마감이 대개 이달에 있습니다. 이 '팬북'의 신전 도면, 단편, Q&A 작성은 연말 마감이지만, 지금 꼭 하지 않으면 안 될 코믹 4권의 보너스 단편을 쓰는 것도 이달부터 다음 달 전반에 걸쳐서 합니다. 이 달 중순부터 일러스트 확인 메일이 오기 시작합니다. 발매 전월(11월)은 일러스트 최종 확인과 다음 권(3부 3권)을 준비합니다. 서적 작업은 이렇게 반복됩니다. 거기에 격월로 '모두의 도서관'의 원고 작업을 해야 합니다. 주말에 푹 쉬는 것 같지가 않네요.

Q 등장인물, 고유명사, 주문 등의 설정(주로 독일어 유래인 건 알겠는데).

A 주요 등장인물은 유럽 인명록과 독일 인명사전을 참고했습니다. 철자 짜깁기를 한 캐릭터도 있고, 머릿속에 떠오른 이름이나 형용사를 독일어로 적당히 바꿔 붙인 캐릭터도 있습니다. 베제반스 전 신전장을 예로 들면 나쁜+배불뚝이에서 지었습니다. 신의 이름이나 주문도 비슷한 느낌입니다. 역할과 성격을 토대로 감각적으로 지었습니다.

Q 쓰면서 영상이 머릿속에 펼쳐지는 타입이에요? 아니면 단어가 떨어지는 타입이에요?

A 머릿속에 영상이 펼쳐질 때가 많네요. 목소리와 소리까지 들어간 애니메이션 같은 꿈을 꾼 적도 있습니다. pixiv에서 움짤을 본 뒤에 꾼 꿈에서 루츠와 마인이 뛰어놀았는데, 정말 귀여웠습니다.

Q 등장인물이 각자의 생각을 가지고 행동하는 게 놀라운데, 복선이나 행동 관리는 어떻게 하나요? 메모에 간단히 쓸 만한 범위가 아닐 것 같은데요.

A 메모라기보다 프린트지에 씁니다. 중간 틀을 만들 때 주인공의 행동을 쓰는 종이와 주요 인물의 행동을 쓰는 종이가 있습니다. 1부는 평민촌 안이었기 때문에 관리가 간단했는데, 제3부 이후부터는 평민촌, 신전, 귀족사회, 3개로 나뉘고, 그 이후엔 더욱 세밀하게 나뉘기 때문에 종이가 엄청 들어갑니다.

Q 캐릭터의 눈동자와 머리색을 어떻게 정했는지 궁금해요.

A 느낌으로 정했습니다. 미리 설정해도 적다 보면 뭔가 아니다 싶어서 바꾼 캐릭터도 있습니다. 바꾼 뒤에 설정을 고치는 걸 깜빡 잊었다가 다음 날 감상란에 '잘못됐어요'라고 지적받은 적도 있습니다.

Q 이 작품은 신데렐라가 기초가 되었다고 생각하는데 그런 설정이 있나요?

A 신데렐라는 아니지만, 원래 오리지널 이야기를 만들기 위해 4, 5가지 플롯이 있습니다. 제작 관련, 판타지 세계관, 게임 '아틀리에' 시리즈처럼 소재를 모아 뭔가 만드는 모험물 같은 이야기, 권선징악, 학원물 등등. 뭘 쓸까 고민한 끝에 전부 섞어서 이야기로 만들면 된다는 생각에 모든 플롯에서 좋아하는 요소를 뽑아 하나의 새로운 플롯을 만들었습니다.

Q '소설가가 되자' 내에서 유행하는 요소 (이세계 환생 등)를 의식하셨나요?

A 굳이 말하자면 그 반대입니다. 책을 키워드로 도서관물을 만들자고 생각했는데, 이세계에서 태어난 주인공이면 전개가 어려운 탓에 환생하는 식으로 생각해갔습니다. 책과 물건을 만들려면 지식이 필요한데, 가난한 평민의 딸이 너무 박식하면 부자연스럽잖아요? 주인공에게 기초 지식이 없으면 얘기를 진행할 수도 없었습니다. 그걸 공개하면서 이세계 환생물이 독자들에게 받아들여지는 '소설가가 되자'에 올린다면 마음껏 써도 봐 줄 거라고 생각했답니다.

Q 플롯이나 초기 설정에서 바뀐 캐릭터가 있다면 어떤 식으로 바뀌었는지 궁금해요. 성격 설정이 바뀌었다든지, 출현이 늘었다든지. 예를 들어 다무엘은 처음에 이렇게 불쌍한 설정이 아니었는데 점점 불쌍해졌다든지.

A 대략적인 이야기의 흐름을 생각한 후에 캐릭터를 보충했는데 첫 플롯에서 이미지가 바뀐 캐릭터가 몇 명 있습니다. 주인공인 마인도 그러합니다. 당시의 이미지에서는 산속에 사는 얌전한 여자아이였습니다. 하지만 얌전한 아이로는 상식과 신분 차를 뛰어넘을 수 없어서 다시 고친 끝에 저렇게 폭주하는 아이가 됐습니다.

또 벤노와 루츠네요. 처음엔 오토가 길드장에게 마인을 데려가는 설정이었습니다. 하지만 길드장이 연세가 많은 탓에 잘 움직이지도 않고, 전통 깊은 상점이라 사고방식도 지나치게 보수적이었습니다. 그래서 오토와 길드장 사이에 둘 인물이 필요하다는 생각에 만든 캐릭터가 바로 벤노입니다. 행상인 출신과 전통 깊은 상점과도 연관이 있고, 젊고 행동력 있는 상인이라는 설정으로 길드장이 해야 할 역할을 거의 벤노가 맡게 됩니다.

루츠도 비슷한 느낌입니다. 처음에 마인은 투리와 함께 종이를 만들기 시작하고, 프리다가 참여할 예정이었습니다. 하지만 여자애들끼리면 체력적인 문제도 있어서 남자아이가 필요하다고 생각한 끝에 투리와 프리다가 할 예정이었던 작업을 전부 루츠가 맡게 되었습니다.

제2부에서는 신전장과 신관장 각각에게 보호받는 2가지 루트를 생각했었죠. 마인은 사람 좋은 신전장의 귀여움을 받는데, 슈타프를 가진 귀족이지만 신전에서 살게 된 신관장이 마인의 어마어마한 마력을 위험하게 보고 제거하려고 하고, 마인을 구하기 위해 귀족 사회에서 멸시당하는 신전장이 조카인 영주에게 '구해달라'며 애원하는 신전장 루트가 있었습니다. 하지만 할아버지의 행동력이 영 신통치 않아서 최종적으로 신관장 루트가 채용되었습니다.

Q 이 방대한 이야기를 만드는 중에 뭔가 영향을 받은 이야기가 있나요?

A 지금까지 읽은 책, 영화, 게임 등 다양하게 영향을 받았습니다. 독자들께서 '이 내용은 그거 같은데?'라고 느껴지는 내용이 있다면 분명 그 영향을 받았을 겁니다. 솔직히 말하면 너무 많아서 딱 집어 '이겁니다'라고 말하기는 어렵습니다.

◆ 카즈키 선생님에 관해서

Q 주변 사람(특히 가족)들은 선생님을 어떻게 생각하나요?

A 음, '요리하다가 갑자기 아이디어가 떠오르면 "메모장, 들고 와, 교대해!" 라며 소리치는 엄마는 엄마밖에 없을 거야', '쓰러질 때까지 쓰지 말고 좀 쉬어. 안 그래도 체력이 없는데'라고 합니다.

불씨

상인의 혼

취미나
좋아하는
작품을
더 깊이
즐기기
위한
책이에요

흠

장삿속을 들키면 끔찍한 일이 벌어질 것 같은 예감

매번 갑작스러운
권말 부록 4컷 만화
출장판
화기애애한 가족의 일상
만화 시이나 유우
앗 천사가 두 명
이때다 싶어 딱 붙어 있는 자매

넘치는 사랑

'책벌레의 하극상' 팬북이 나왔어
대단하다~ 독자들에게 사랑받고 있구나

이렇게 됐으니 여러 가지 책이 나왔으면 좋겠다
두두두두두두
책이 가득한 낙원이야

사랑받는다고 하면 코린나!! 나의 여신 코린나!
이 기회에 부디 코린나 책을!!

저요!!
나 살래!
나도 살래!
나왔다! 코린나 극성팬
슥
파바밧

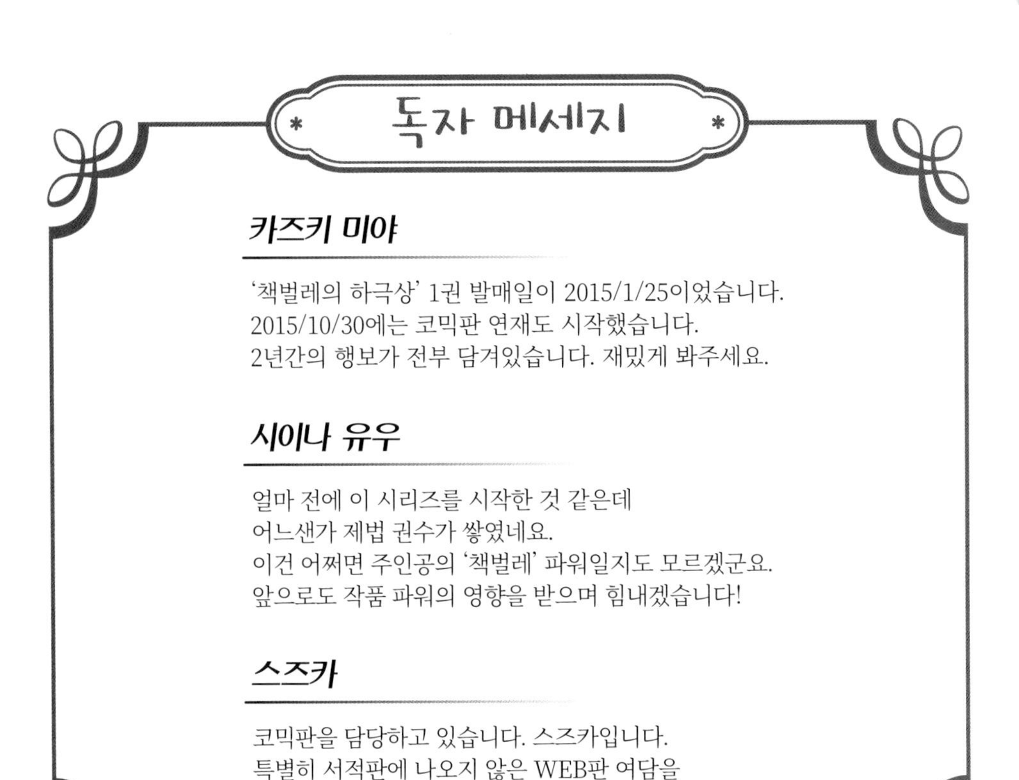

책벌레의 하극상 오피셜 팬북

초판 1쇄 발행 2017년 10월 31일
초판 2쇄 발행 2017년 12월 31일

저자 카즈키 미야
삽화 시이나 유우
만화 스즈카

발행인 원종우
발행처 (주)이미지프레임

주소 (13814) 경기도 과천시 뒷골1로 6, 3층
영업부 02-3667-2653 **편집부** 02-3667-2654 **팩스** 02-3667-2655
메일 edit01@imageframe.kr **웹** vnovel.co.kr

ISBN 979-11-6085-244-8 06830